親愛的鼠迷朋友，
歡迎來到老鼠世界！
這裏精彩絕倫，奇妙無比！
你們一定能夠在這裏盡情享受。
嘿嘿，這可是史提頓說的！

謝利連摩・史提頓
Geronimo Stilton

快看，這就是我的辦公室！大家即將閱讀的這個歷險故事，
就是在這裏完成的呢！
我時常伏案寫作到深夜，通宵達旦，而在一旁鞭策、
陪伴我的只有我的爺爺，馬克思·坦克鼠！

老鼠記者 107

非常目擊者

IL GIALLO DEL PAPPAGALLO

作　　者：Geronimo Stilton　謝利連摩・史提頓
譯　　者：林曉容
責任編輯：胡頌茵
中文版封面設計：李成宇
中文版美術設計：羅益珠
出　　版：新雅文化事業有限公司
香港英皇道499號北角工業大廈18樓
電話：（852）2138 7998
傳真：（852）2597 4003
網址：http://www.sunya.com.hk
電郵：marketing@sunya.com.hk
發　　行：香港聯合書刊物流有限公司
香港荃灣德士古道220-248號荃灣工業中心16樓
電話：（852）2150 2100　傳真：（852）2407 3062
電郵：info@suplogistics.com.hk
印　　刷：中華商務彩色印刷有限公司
香港新界大埔汀麗路36號
版　　次：二〇二四年二月初版

版權所有・不准翻印
繁體中文版版權由Atlantyca S.r.l. 授予

Art Director: Fernando Ambrosi
Artistic Coordination: Lara Martinelli
Graphic project & design: copia&incolla – Verona
Cover Illustration: Alessandro Muscillo (Cover adapted by Sun Ya Publications (HK) Ltd.)
Story Illustrations: Alessandro Muscillo
Illustrations of the graphisms: Andrea Benelle
Graphic design and layout: copia&incolla snc (Verona)
Geronimo Stilton names and characters are trademarks licensed to Atlantyca S.r.l.
The moral right of the author has been asserted.
All Rights Reserved.
No part of this book may be stored, reproduced or transmitted in any form or by any means, electronic or mechanical, including photocopying, recording, or by any information storage and retrieval system, without written permission from the copyright holder.
For information address Atlantyca S.r.l., Italy- Corso Magenta, 60/62, 20123 Milan, foreignrights@atlantyca.it
www.atlantyca.com
Stilton is the name of a famous English cheese. It is a registered trademark of the Stilton Cheesemakers' Association.
For more information go to www.stiltoncheese.co.uk
ISBN: 978-962-08-8310-1
© 2021 Mondadori Libri S.p.A. for PIEMME, Italia
International Rights © Atlantyca S.r.l. Italy
Traditional Chinese Edition © 2024 Sun Ya Publications (HK) Ltd.
18/F, North Point Industrial Building, 499 King's Road, Hong Kong
Published in Hong Kong SAR, China
Printed in China

老鼠記者
Geronimo Stilton

謝利連摩·史提頓
Geronimo Stilton

新雅文化事業有限公司
www.sunya.com.hk

目錄

小麪條

謝利連摩的寵物小狗。

班哲文 · 史提頓

謝利連摩的姪子。

蕾貝拉 · 強壯鼠

謝利連摩的鄰居，經營一家
事務所，為鼠民解決難題。

多愁 · 黑暗鼠

恐怖片導演，
謝利連摩的「女朋友」。

一個寒冷的冬日傍晚

這個奇奇怪怪的故事開始於一個昏暗、冰冷而**多霧**的冬日周六下午……我那時正坐在家中，猶豫着該如何選擇：

a)舒服地窩在扶手椅中，讀一本好書；

b)為自己沖泡一杯熱巧克力拌乳酪飲；

c)帶我的寵物狗小麪條出去**散步**。

我冷得哆哆嗦嗦，嘴裏嘟囔道：「哆哆哆！天氣實在太糟糕！今天最好待在家裏。你說呢，小麪條？小麪條？」

小麪條壓根沒有回答我。他正趴在壁爐前，睡得像石頭一樣沉：

「呼嚕！呼嚕！呼嚕！」

就連平時時間一到就拚命拽着我往外跑的牠，那天也更樂意留在家裏，臥在牠最愛的地毯上打盹！

我決定仿效我的寵物狗，選擇 a) 舒服地窩在扶手椅中，**讀一本好書**。

隨後，我又選擇了b) 為自己沖泡一杯熱巧克力拌乳酪飲。

真是快樂似神仙！

親愛的鼠迷朋友們，在寒冷的冬日傍晚，還

有什麼能比讀一本好書、飲**一杯熱巧克力**更舒服呢？

我剛喝上幾口熱巧克力，突然一陣刺耳的尖叫響了起來。

「**哇啊啊啊啊啊！**快接電話，你這傻瓜！**哇啊啊啊啊啊！**」

我嚇得一躍而起：「出什麼事了?!」

小麵條雖然是一隻大型犬隻，但他的膽子比我還小。此刻他彈跳起來，像彈簧一樣**撲進**我的懷裏，一下子打翻了我手裏握着的熱飲，熱巧克力濺得到處都是。

真是一團糟！

祥和的傍晚氣氛就這樣被破壞了……

那個令我**心驚肉跳的聲音**仍在響：「*哇啊啊啊啊啊！*快接電話，你這傻瓜！快接電話，你這傻瓜！快接電話，你這傻瓜！」

我才反應過來：那叫聲的源頭是我的手機，有鼠惡作劇地修改了我的手機電話鈴聲。

誰會這樣做呢？

要想查出誰在背後使壞，唯一的選擇就是接**電話！**

我在屋內狂奔，腳爪上沾了濕漉漉的熱巧克力，翻箱倒櫃地尋找手機。

以一千塊莫澤雷勒乳酪的名義發誓，我把它放到哪裏去了？

我總算在小茶几上找到了手機，但我沾滿熱巧克力的髒腳印已經滿布一地，**真糟糕！**

我還不得不收拾殘局。

祥和的傍晚就這樣被破壞了……

「**喂？請問哪位？**」我拿起電話，氣哼哼地說。

「是我啊，賴皮！你喜歡我為你量身定做的手機鈴聲嗎？我特別為你錄製了**噩夢**般的震撼效果。我敢肯定，從今往後你不會再錯過任何電話了。表哥，你現在是不是對我感激涕零啊？」

我高聲抗議：「我才不會對你感激涕零。恰恰相反，你不應該擅自修改我的手機鈴聲！」

但他並未接我的話，固執地說：「你應該感激我，因為永遠、永遠、永遠都不注意電話響，不接電話！你知道嗎？我根據不同家庭成員的個性為你設定了**手機鈴聲**。這樣你就知道是誰在給你打電話！你現在感覺如何？我的確是個天才，沒錯吧？」

個性化鈴聲清單

鈴聲

班哲文：「叔叔，快快接我電話！」

天娜・辣尾鼠：「開飯了！」

坦克鼠爺爺：「孫子！休想偷懶！」

蕾貝拉：「冒失鬼，小甜心，快和我聊天！」

菲：「嗜喱，速速應答！」

多愁：「小乖乖，接電話了！」

翠兒：「你喜歡我這個玩笑嗎？」

我承認：「好吧，不過你的鈴聲實在是有點……呃，過於誇張……長話短說，賴皮，你為何要打電話給我呢？」

「因為我需要你，傻瓜表哥。馬上過來找我！我在公園的噴泉旁等你。迅速速速速，情況**十萬火急急急急急急！**」

看來我片刻也不能耽擱了：當朋友急需幫助時，我義不容辭！

小麪條如平日一樣會看眼色（*牠真的十分聰明呢！*）。牠激動地跑到門口等我，嘴裏還叼着狗繩。

我剛把門打開，我的寵物狗就如閃電般把我**拖**出門，一路絕塵地向前狂奔……***汪，汪！***

我上氣不接下氣地高聲嚷嚷：「*呼哧，呼哧！*小麪條，跑慢點，求你啦！」

但牠根本沒聽我的話，反而跑得更快了。我死死握着狗繩，被牠拽得兩腳離地，身體宛如

一面旗幟在風中飄揚！

小麪條就這樣拖着我在整個城市狂奔，路上的市民見到這一幕，都在**竊竊私語**：「那不是史提頓嗎？」

「沒錯，正是他，《**鼠民公報**》以及*謝利連摩·史提頓出版集團的總經理！*」

「哈哈哈，他也太傻啦！」

甚至還有市民掏出手機，對着我拍照和錄影！**咔嚓！咔嚓！咔嚓！**

我的命真是太苦了，我最害怕的就是這個場面！很快，我的照片就要傳遍老鼠島的社交網路啦！

我的形象將會**一落千丈！**

天知道坦克鼠爺爺會怎麼看待我？

他平日經常為雞毛蒜皮的小事教訓我。這次倘若他知道了，肯定會火冒三丈！

我們如閃電般穿行在城市的大街小巷，試圖**躲避**路上安靜步行的鼠民……

一位上了年紀的鼠太太生氣地抱怨道：「**慢點**，年輕鼠，不要在鼠行道上橫衝直撞！你到底在做什麼？」

在小麪條把我拽走前，那位鼠太太身手敏捷地把皮包砸在我頭上。

「給你點教訓，讓你知道什麼是教養！」

我大聲抗議：「哇呀呀！我不是故意的！我也不想跑這麼快，但目前情況十萬火急，有個朋友急需我的協助……」

我還沒說完，頭上就又**挨了一記**。

好痛啊！

那位鼠太太教訓我：「那你快去啊，年輕鼠！你還在這裏磨蹭什麼？朋友道義，**勝過千金！**」

幸好，在她第三次揮包砸向我之前，小麪條趕緊把我拽跑了……

幾分鐘後，我們趕到了**公園**的噴水池邊，賴皮正在焦急地等着我。

「總算來了，磨蹭鬼！快看，這隻可憐的**鸚鵡**急需救援！」

這時，我才發現在他前面有一隻顏色豔麗的鸚鵡趴在地上。

牠看上去表情**痛苦**，也許牠受傷了！

賴皮把牠從地上抱起來，我趕忙探過頭想看個究竟，那鸚鵡居然狠狠地在我鼻尖啄了一口！

我一邊揉着鼻尖，一邊問：「賴皮，你為何要叫我來呢？這隻可憐的鸚鵡受傷了，應該立刻送牠去獸醫那裏！」

「正是如此！**你**應送牠去看獸醫，因為**我**要趕去參加

超級笑話大獎賽！

事實上，我已經遲到了，已經遲了很多！所以我必須告辭啦，照顧鸚鵡的重任就交給你了……小心你的鼻子！」

我還沒來得及抗議，賴皮已經腳底抹油**溜走**了……只留下我和小麪條來陪伴躺在公園地上的鸚鵡。

我向那隻可憐的鳥兒彎下腰，想檢查牠的傷勢。牠又結結實實地在我鼻子上**啄了一口**。

小可憐，你看上去是被嚇壞了。我很想幫助你！但我該如何做呢？

小麪條困惑地看着我，隨後用牙咬住我的外套拚命拽，直到我的手機從裏面掉出來。

「**汪！汪！**」牠又放了一隻腳爪在電話上，叫喚着。

我終於反應過來……我需要外援來幫忙！

我立刻撥通了好朋友**奧爾默和雛菊鼠**的電話。

「你好，奧爾默。我是史提頓，謝利連摩·史提頓！我有一件要緊事請你幫忙：我在公園發現了一隻小鳥……確切地説……這隻鳥的體格並不小……牠是隻色彩斑斕的鸚鵡，身體受傷了！

我需要你們的協助！我現在該怎麼辦？你們能來幫忙嗎？」

「當然，我

就到！

在我趕到前，你最好用外套把那隻鸚鵡包裹起來……最好能夠找個帶蓋子的紙盒，上面戳些洞給鳥透氣，然後把牠放進去，牠在**黑暗**裏會更自在……不過，我猜在公園裏找到這樣的盒子可不容易！你能找到什麼就用什麼吧，另外……小心牠的喙！」

我聚精會神地聽着他的建議。

他在電話那頭告訴我：「謝利連摩，你在嗎？你聽明白了麼？別慌！**我們馬上就到！**」

我十分信任好友奧爾默和雛菊鼠，他倆是醫術高明的獸醫，並一起創辦了「**爪子知己診所**」。這可是老鼠島上最好的獸醫診所呢！史提頓家族和我所有用四條腿走路（*或者用兩隻翅膀在天上飛*）的朋友們都去找他們看病！

小麪條……我的寵物狗……

小蘿蔔……我可愛的小兔子……

茸毛球……我養的小倉鼠……

安妮芭兒……我養的小金魚……

按照他們所說的，我脫掉外套，**小心翼翼**地裹住那隻鳥，同時試圖不被牠的喙啄傷……

幾分鐘以後，奧爾默和雛菊鼠就趕到了。奧爾默見到我後爆發出一陣大笑：

「謝利連摩，你還是老樣子！我早就告訴過你，要小心鳥的喙……幸好我隨身帶了很多**藥水膠布**！希望你夠用，看看你，都快被啄成篩子了！」

雛菊鼠試圖安慰我：「你真勇敢。這隻鸚鵡只是被嚇壞了……我們一起來照顧牠吧，你們一定會成為好朋友的。」

他們溫柔地抬起受傷的鸚鵡，將牠放進一個**包裝盒**，隨後送進診所。

我和小麪條在大廳裏等候，而獸醫們和護理

員在為這隻**可憐的小鳥**包紮傷口。

我緊張得鬍鬚直發抖……

儘管我才認識這隻鸚鵡不久，但看牠這樣受傷了，牠的一舉一動都牽動着我的心！

半小時後，奧爾默和雛菊鼠推着那鸚鵡從診症室出來了。我心裏十分**喜悅**：那鳥兒的狀態好多了，受傷的翅膀也包紮好了。

我靠近鳥兒剛想撫摸牠，只見牠疑惑地望着我，突然尖聲叫嚷：「傻瓜！傻瓜！傻瓜！傻瓜！傻瓜！」

我氣得火冒三丈：「你真是毫無禮貌！」

雛菊鼠**爆發出一陣大笑**：「別在意，謝利連摩，牠不是故意的！牠是一隻鸚鵡，只會模仿牠所聽到的話！」

剛剛趕到的賴皮樂不可支地嘲笑我：「表哥，聽到了麼？看來我平常稱呼你傻瓜並沒錯！就連鳥也這麼說！多麼**聰明的鳥兒**啊！」

「對我而言，我為牠做了那麼多，牠居然這樣稱呼我，真是毫無感恩之心！」

那隻鸚鵡仍在聒噪地叫着：「傻瓜！傻瓜！傻瓜！」

這鳥可真沒教養！

奧爾默告訴我們：「現在你們可以帶牠回家了，記住牠需要很多**關愛**……」

我還沒開口，賴皮就搶先說：「我倒很樂意照顧牠，但我這段時間要為參加笑話大賽排

練……所以謝利連摩很樂意將鸚鵡領回他的家！沒錯吧，謝利連摩？你們會成為好朋友的！」

那鸚鵡嘎嘎地重複道：「**朋友！朋友！朋友！**」

我心中十分感動。牠想成為我的朋友！**我怎能拒絕這樣的心意呢？**

於是，我歎了口氣，答應道：「好吧！我希望這隻鸚鵡能和我的寵物們……安妮芭兒、茸毛球、小蘿蔔，以及小麪條相處愉快……沒錯吧，小麪條？」

「*汪！汪！*」小麪條興奮地搖着尾巴。

我寬慰地歎了口氣。小麪條同意了！真好呢！

要知道小麪條的**嫉妒心**和佔有慾很強。如果我沒有百分百關注牠，牠就會給我臉色看！

賴皮撓撓我們這位新朋友的脖子，宣布：「可愛的**小鳥**，現在我們要給你取個名字。既然你那麼喜歡複述聽到的話語，那我們就叫你……小回音！」

鸚鵡滿意地嘎嘎叫：「小回音！小回音！」

賴皮咧開嘴巴笑起來：「對了…表哥，你知道對鸚鵡來説最大的快樂是什麼？*就是生一個完全複製自牠的孩子！*」

隨後，他開始在我們面前**插科打諢**……他的笑話可真有趣，聽得我們一個個捧腹大笑，甚至連那隻鸚鵡也樂個不停！而小回音的笑聲如此有感染力，很快，我們大家都**笑**得直打滾……

我們好不容易喘上氣，賴皮高聲嚷嚷：「小回音，你有搞笑的天賦！我要帶你一起去參加笑話大賽！」

隨後，他總結說：「等着瞧吧，我們會讓全場觀眾笑出眼淚！我們一定會**凱旋而歸！**」

臭味

小老鼠帶着一身臭味回家了。
媽媽捂住鼻子問他：
「你從哪裏沾染上這一身臭味？」
「從我的房間裏。」小老鼠淡定地說。
「那你打算如何處理這一身臭味？」
「嗯，我會努力習慣它。」

在餐廳裏

生氣的顧客要求見廚師：
「我在麪條裏發現了頭髮！」
廚師回答道：
「不可能，因為我是禿頭！」

地理課上

一名學生問老師：「怎樣的山和海可以移動？」
老師說：「地殼板塊運動會造成山脈和海溝……」
學生說：「不對啦，是人山人海！」

優秀的兒子

陳太太向鄰居介紹他的兒子。
陳太太：「我的兒子是城裏著名的球星，每場比賽都有最多進球的。」
李太太：「他踢什麼位置？」
陳太太：「他是守門員。」

我謝過奧爾默和雛菊鼠，感謝他們在周末為了我還在**診所**忙碌……

隨後，我來到嘰喳鼠雜貨舖，這裏售賣各種**大型寵物**的寵物糧食和用品。我要按照獸醫朋友的建議，來為我的鳥朋友採購所需用品……

飼養一隻鸚鵡，應該不會花費我很多錢吧……

抑或是說，我想得太簡單了?!

我先選購了一個**鳥架**，再購買了一大包鳥糧，隨後又採購了給小鳥娛樂用的小秋千，還有訓練鸚鵡說話的**小球**，以及給鳥磨喙用的磨牙石……

直到我提滿大包小包，腰都快折斷了！

我步履蹣跚地向家走去，肩上停着一隻聒噪的大鸚鵡、手上牽着一隻速度超羣而且難以駕馭的寵物狗，還有挽着一堆包裹和沉重的鳥架。

幸運的是，如今天色已晚，街道上空無一鼠。沒有誰看到大名鼎鼎的《**鼠民公報**》總經理謝利連摩·史提頓的狼狽樣子。我在街上挪動着腳步，而那隻鸚鵡在我肩上大聲**鳴叫**：「傻瓜！傻瓜！傻瓜！」

我懇求牠說：「噓！別叫了！不然你會把滿城的鼠民吵醒！」

這時，鸚鵡冷不防在我的耳朵上啄了一口，繼續嚷嚷道：「把滿城的鼠民吵醒！傻瓜！傻瓜！傻瓜！」

咕吱吱！ **這鸚鵡真讓我惱火！**

噩夢般的一晚

我累得骨頭都快**散架**了，好不容易踏入家門。我忙不迭地為小回音搭好鳥架，還檢查了牠翅膀的傷勢……隨後，依次給我的小金魚安妮芭兒、兔子小蘿蔔、小倉鼠茸毛球餵食。我自然也沒有忘記小麪條，今天我賞給牠雙份最愛的點心——**骨頭**形狀的狗餅乾。

牠真是一條乖狗狗！

我很喜歡照顧這些寵物伙伴們，我的耐心和愛心都分給了牠們。我甚至總是把牠們的需求擺在自己的前面……

我一一照顧了寵物們的飲食，跟牠們玩耍，隨後還要在客廳進行大掃除，把牠們留下的食物殘渣擦乾淨。要說這些污漬有多難擦，就是它們黏在家具上的附着力簡直比固體膠還要頑固……

筋疲力盡的我跌坐在扶手椅上，我決心要恢復之前中斷的計劃，繼續窩在壁爐前看書，品嘗熱巧克力！

恰恰在這時，小回音開始厲聲尖叫：「*挖啊，傻瓜！快挖，快挖！黃金就埋在河牀下！*」*挖啊，傻瓜！傻瓜！傻瓜！傻瓜！*」

牠一邊叫，一邊啄我……*咕吱吱！*

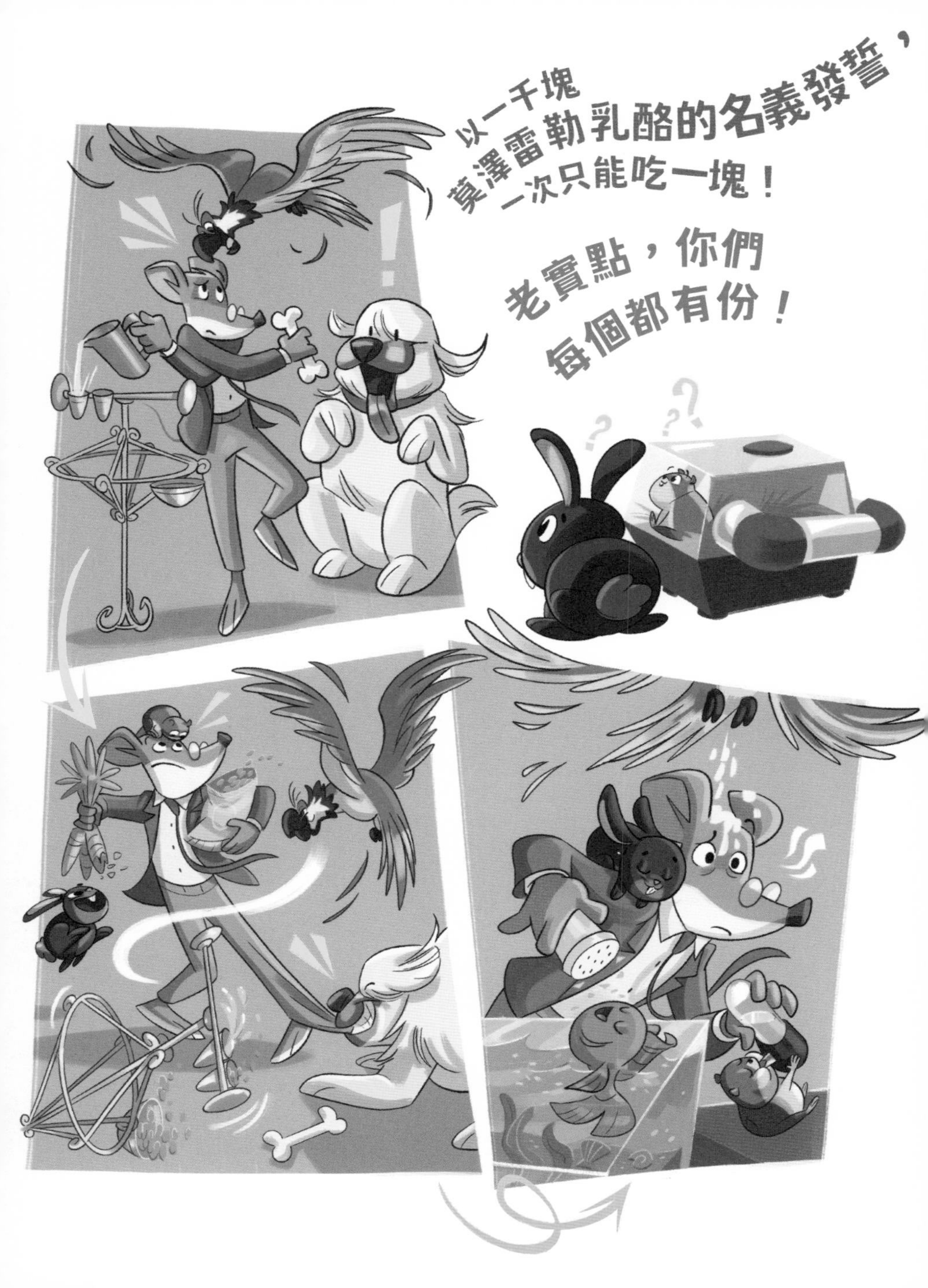
以一千塊
莫澤雷勒乳酪的名義發誓，
一次只能吃一塊！
老實點，你們
每個都有份！

不過，這次我沒有火冒三丈，而是驚訝無語。

黃金？埋在河牀下？

很明顯，這鸚鵡是在學舌，模仿之前牠聽到的話語，但既然如此……牠是從哪裏聽到的呢？

古怪，非常古怪，應該說**古怪極了！**

我暗下決心：我要去調查這隻鸚鵡原先的主人是誰，並查清楚這句話背後的真正含義……

就這樣，小回音一整晚都在我耳邊重複着這句**神秘的話語**。

鸚鵡的叫聲終於漸漸停止了，換成了如響

我試着用各種方式讓牠停止打呼嚕，懇求道：「求求你了，別打呼了！」

鸚鵡醒來後模仿我的說話：「求求你了，別**打呼**了！傻瓜！」

我的神經都快錯亂了：似乎打呼的不是牠，而是我！

就這樣，我度過了噩夢般的夜晚……

我心裏琢磨：也許可憐的小回音也一樣焦躁不安、憂心忡忡、輾轉反側，因為牠遠離主人和原本熟悉的一切……

第二天清晨，我撥通賴皮的電話，勸說他和我一起展開調查，尋找小回音之前的主人。我們決心從**寵物商店**開始調查。

或許牠的主人曾從寵物店購買牠，或許牠曾居住在那裏…如果的確如此，那寵物店的店員會記得誰曾買走牠……

我們在網上搜索一番，發現妙鼠城共有35家

寵物商店，從市中心的小型寵物店到郊區購物中心旁的大型寵物超市，應有盡有。

我歎了口氣：若想調查清楚，我們需要花費很大的功夫。既然我們下定決心，就必須義無反顧地堅持下去。

不一會兒，我來到**妙鼠城**最大的購物中心。鸚鵡停在我肩上，一路興奮地說「傻瓜！」重複個不停，並不斷啄我的耳朵。

儘管我戴了副**深色太陽眼鏡**遮住面容，但周圍的顧客依然能把我認出來。

「那不是史提頓嗎？大名鼎鼎的謝利連摩·史提頓？」

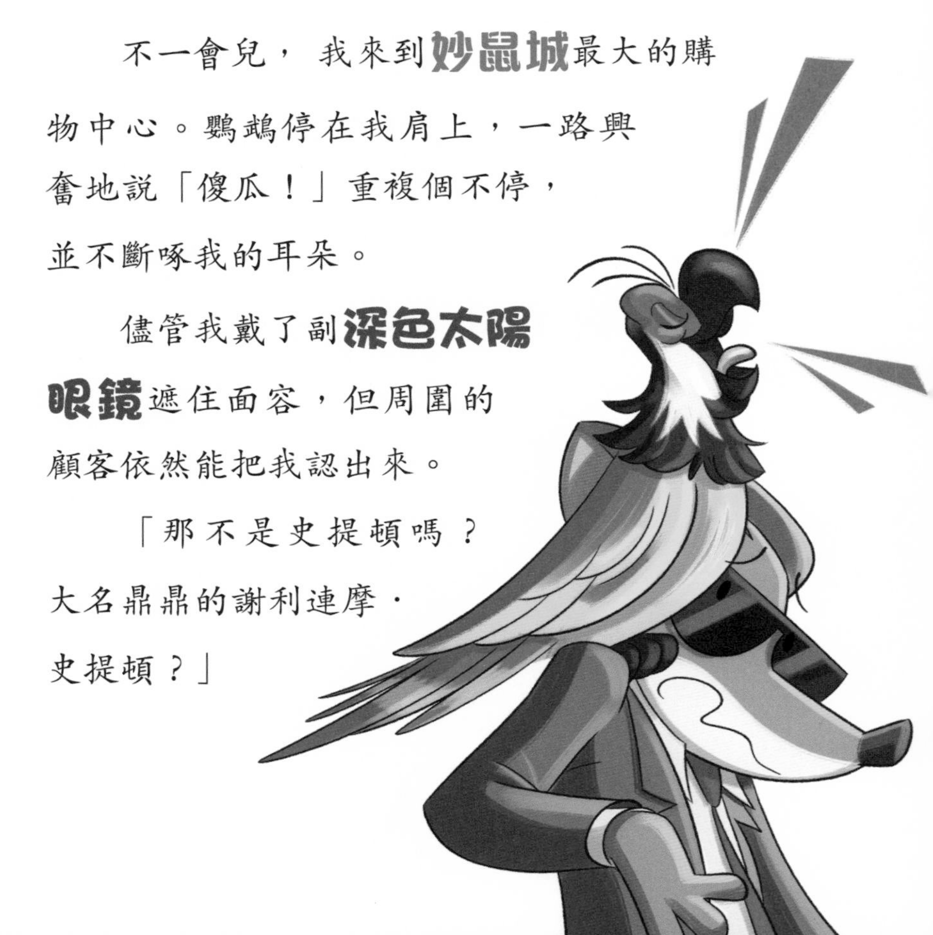

「*嘘*……你看他那狼狽相！耳朵都快被啄成篩子了……我本來以為他是個帥哥呢！」

「哈哈哈！那隻鸚鵡好搞笑！」

我好不容易從龐大的粉絲羣裏脫身（*名氣太響可真麻煩！*）我抵達位於購物中心最高層的「毛茸天堂」商店。這家店舖裝潢**十分豪華**，簡直比得上珠寶店。一名尖鼻子店員向我走來。他的打扮如同舊時代大管家般十分考究。

他**從頭到腳**地打量着我，傲慢地說：「早安，請問你要買什麼？」

「請問你們店曾出售過這隻鸚鵡嗎？我找到牠時，牠受傷了。現在我急需找到牠的主人。」

他一臉不可置信地望着我，氣哼哼地回答：「當然沒有！本店只出售擁有七代以上**族譜**的貴族血統寵物……看看這隻鸚鵡的羽毛，我就知

道牠絕非來自貴族世家。我是養動物的**行家**。動物的血統好不好，我只要一瞅便見分曉！所以這位先生，恕我失陪了！」

小回音生氣地啄了那位店員一口，學着他的腔調嚷嚷：「絕非來自貴族世家？傻瓜！傻瓜！傻瓜！」

這舉動可真讓我**尷尬**，而且剛才那店員的態度更讓我氣憤。我快步走出商店。

「這真是太過分了！他怎麼能憑藉血統來劃分動

物？我那些寵物們並非來自貴族世家，但牠們的外形都很美麗、性格也很**可愛！**」

小回音不應該去啄那位店員，但這次我沒有責怪牠。我甚至暗暗感覺有些寬慰。

我隨後抵達另一家**大型**寵物商店「*恐怖寵物店*」。

我推開店門，本應該奏出「叮咚」的門鈴突然發出讓鼠膽寒的狼吼聲……**嗷嗚嗚！**

一名全身黑、**眼珠也烏黑**的店員向我走來，他在紫色絲綢襯衫外套了件黑色西裝……

哆哆哆，他的模樣真像個吸血鬼！

他的聲音氣若游絲，宛如從墳墓裏飄出來：「這位先生有何貴幹幹幹？本店剛剛進了一批**毒蛇蛇蛇蛇蛇**、塔蘭圖拉蜘蛛、毒蠍子……」

「你們店有出售過鸚鵡嗎？」

他惱怒地回應說：「不不不不，那動物的性格太過歡快。如你有需要，本店倒是出售墳墓叫叫鴉：如你家裏最近有親戚過世，可以購買一隻，來陪伴身處陰曹地府的孤魂……」

我嚇得趕忙**奪門而出**，嘴裏嘀咕着：「不不不，謝謝你的好意，我沒有這樣的需求……不過也許我的朋友多愁．黑暗鼠會想光顧這裏！」

我逐家拜訪了妙鼠城的其他寵物商店，仍然一無所獲。

沒有哪家店售賣過小回音，也沒有哪家店售賣過鸚鵡……

這真是格外漫長的一天，我的心情跌落到谷底……現在只剩下最後一家**店**沒去了。這家店鋪招牌上刻着幾個大字：「獸崽雜販鋪」。這家店地處市中心位置，就在妙鼠城鼠民銀行旁。

我來到店門前，卻發現店鋪的門窗上都釘了**封條**。於是，我向旁邊商店的老闆打聽這家店的消息。

老闆告訴我們，這家店六個月前營業過，隨後店主突然關門大吉。誰也不知道他去了哪裏……

老闆低聲補充說：「這家店的店主性格**無禮**，他的口頭禪就是『傻瓜！』我很高興他的店舖關門了。那家店的店主對待寵物態度十分惡劣。我當初還想舉報他呢，你知道嗎？」

我可沒有興趣聽他嘮叨往事，我決定回家休息……經過一天的折騰，我和小回音都**筋疲力盡**、士氣低落。我安慰小鳥說：「別擔心，我不會丟棄你，我會一直照顧你！」

第二天清晨，我再次被一陣**刺耳**尖叫聲吵醒……

「挖啊，傻瓜！快挖，快挖！黃金就埋在河牀下！挖啊，傻瓜！傻瓜！傻瓜！傻瓜！」

我嚇得從牀上**彈跳**起來，一骨碌滾到了地上，壓到了自己的尾巴。我的命真苦啊！

我正要爬起來，受驚的小麪條一下子撲到我懷裏，把我**撞翻**了。牠似乎還嫌不夠熱鬧，用力一拱，差點把我的鼻子頂歪。

哇哇哇！簡直是噩夢般的一天！

我為自己準備了一些美味點心壓壓驚。一杯熱騰騰的乳酪飲下肚後，我又啃了個塗滿開心果醬和那不勒斯冰淇淋忌廉的牛角包。我不禁反覆思考起來：鸚鵡小回音一直重複的那句古怪至極的話究竟意味着什麼。

真奇怪！

難道河牀下真埋着黃金？

是誰要往下挖？為何要這麼做？

嗚嗚嗚，小回音説的這句話很古怪……十分古怪……太古怪啦！

我決定請一位高手出馬來幫我解開謎團。她就是……**蕾貝拉！**沒錯，正是她，蕾貝拉·強壯鼠！

她是住在我對門的鄰居，經營一家名為「告訴蕾貝拉」的事務所，專門為鼠民解決難題。

她聲稱自己能夠解決各種難題……沒有**任何事、任何鼠、任何地方**能夠難倒她！

她在鼠巷大街9號經營一家名為「告訴蕾貝拉」的事務所，專門為鼠民解決難題。沒有任何事、任何鼠、任何地方能夠難倒她！她家門口總是大排長龍，無數鼠民渴求她的幫助……我差點忘了：蕾貝拉最近每天、每小時都要給我打電話，極力游說我丟下手頭的工作，加入她的團隊來完成「不可能完成的極限使命」。

我想她應該能幫到我！不過，我也許會後悔這個決定，因為蕾貝拉常常讓我惹上**麻煩**，有時我還不得不為她的魯莽行事吞下苦果！

我正在猶豫撥通她的電話，門鈴聲突然嗡嗡大作。

我跑過去打開門：大清早在門口站着的，不正是她嘛！是她，正是她，蕾貝拉·強壯鼠！

我剛把門打開才少許，她就立刻鑽進來，圍着我轉來轉去，簡直像一道

「小甜心，你怎麼這麼早就醒了？我看到你家亮着燈！發生什麼事了？

無論你有**大麻煩**、中麻煩、小麻煩，都別擔心，有我在！沒有*任何事*、*任何鼠*、*任何地方*能夠難倒我！麻煩越棘手，我就越興奮！」

她一把舉起我，把我放在她面前的沙發上。

「來呀，**小甜心**，和我講講吧。把一切都告訴我蕾貝拉！我熟知你的個性，若是沒什麼麻煩，清晨這個時間你肯定睡得正香……小傻瓜，到底出了什麼事，為什麼你不早點告訴我呢？」

小回音立刻模仿她的口吻，叫個不停：「小傻瓜，小傻瓜，小傻瓜！」

我嘟囔着道：「小回音，休得無禮，小心我拔掉你尾巴上的毛！」

「小心我拔掉你尾巴上的毛，傻瓜！」這就是鸚鵡給我的回答。牠緊接着在我耳邊猛地**啄**了一下。

這隻鳥真讓我火冒三丈！

「其實我正準備打電話給你，蕾貝拉！你說得對，我有大麻煩了……就是這隻鳥！」

「這隻鳥？小傻瓜，瞧你說的什麼話！如此色彩斑斕的小鳥，如此乖巧可愛的小鸚鵡，如此調皮的小精靈，居然會成為你的麻煩？」

小麪條聽到這連珠炮發的讚美聲，**嫉妒地**直叫喚：「汪！汪！」

蕾貝拉疼愛地輕撫牠，安慰說：「還有你，小麪條，你也是個惹鼠疼的小傢伙！」

我揉揉被啄的耳朵，解釋說：「不，我說的麻煩，並非是我和牠相處不好（*雖然牠總改不掉啄我耳朵的壞習慣*），而是我從公園救治鳥兒以來，牠一直重複着一句令我費解的話，說要一直挖，挖出埋在**河牀下的黃金……**」

我剛說出這句話，小回音的臉上現出害怕的神色，牠發出一聲尖叫，高聲重複道：

「挖啊，傻瓜！快挖，快挖！黃金就埋在河牀下！**挖啊，傻瓜！**傻瓜！傻瓜！」

蕾貝拉急忙跑過去安慰他：「小可憐，你以前的主人一定對你很粗暴吧？快告訴我吧，我會狠狠教訓他，確保他以後不敢再虐待動物！」

蕾貝拉轉身吩咐我：「**小甜心**，快快準備好，我們要立刻開展調查！」

我剛要起身，她讓我坐好，吩咐道：「別着急！你先別動！小甜心，如果你想讓我幫你，就請先喝下我調配的

若要深入調查，你必須擁有一副健康、良好的體魄。你現在這樣子真是弱不禁風！」

話音剛落，她就從袋子裏掏出一個巨大的熱水壺，從裏面倒出一杯味道**刺鼻**，讓我作嘔的混合物，遞到我鼻尖前。

「快把這個喝了，小甜心！這是我發明的新飲料，需要你先當實驗品嘗一嘗，效果靈驗的話我就上傳到博客上。」

我高聲抗議：「你至少要先告訴我配方是什麼！否則我堅決不喝！」

但她捂住我的鼻子，猛地將飲料**灌進我嘴巴。**

「哈哈，配方絕對讓你驚喜！小傻瓜，我保證你猜不出裏面的成分！現在你感覺怎樣？是不是被我的好意感動得說不出話來？飲品的口感是不是很銷魂？看在我們的友誼的份上，就由我來告訴你具體配方吧：一串大蒜頭（*萬一我們會遇見吸血鬼呢？畢竟誰也說不準*）、五顆糖拌洋葱頭、八根（*可能過多*）熟的香蕉、一片酸（*過勁*）的高更左拉乳酪、苦椰子、芥末蛋黃醬、辣（*過勁*）的**紅椒**，七片酸檸檬，完全純天然、不放糖的番茄汁。現在你感覺如何？你喜歡我特別調製的***超級能量混合飲料***嗎？」

我喝下去後差點一口氣呼不上來，氣得高聲抗議：「咕吱吱，我從沒喝過味道如此可怕的飲料！千萬不要再拿我當你新發明的試驗品了！嗝！」

蕾貝拉聳聳肩膀：「小甜心，別介意，我這都是為你好！難道你沒覺得自己渾身充滿了能量嗎？啊，你怎麼臉色發綠，要不要再喝幾口？我敢說這對你健康很有好處！不過我們現在該走了。太陽已經升起，是時候出馬解決問題！我的情報員告訴我，河岸邊有可疑的**跡象**……」

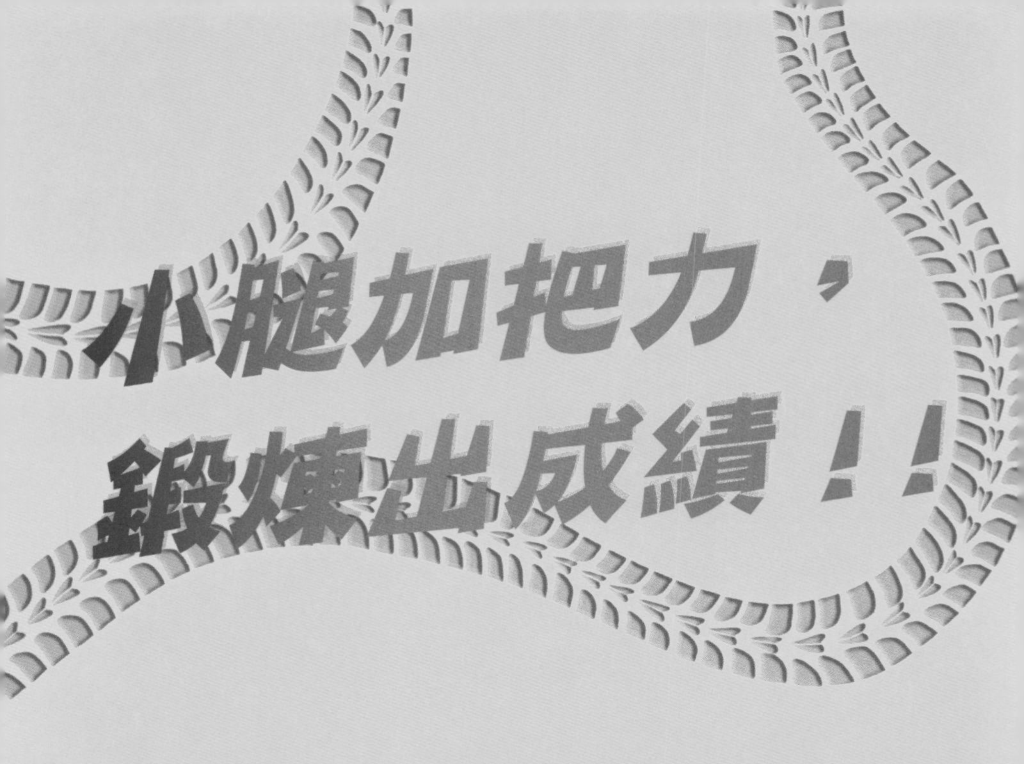

為了在河岸邊展開調查而不引鼠注目，我們扮成兩位鍛煉身體的運動員。

蕾貝拉負責扮演教練，而我（嗚嗚嗚……）則扮成**運動員**。

「史提頓，加把勁！給我跳起來！**呼咻！呼咻！**小腿加把力，鍛煉出成績！」她賣力地叫喊着。

只見小麪條歡快地在我旁邊奔跑，小回音則站在自行車的把手上，嘴裏不斷重複着蕾貝拉的口號，時不時**啄幾下**我的鼻子。

「哎喲喲，好痛啊！」

我們多希望小回音能透露一些調查線索，但牠還是只會不停地重複那幾句：「挖啊，傻瓜！快挖，快挖！黃金就埋在河牀下！挖啊，傻瓜！」

我們沿着河岸**步行**一小時，我的鼻尖也被鸚鵡啄了一小時，我再也吃不消了。

「咕吱吱，我受夠了！蕾貝拉，我看還是打道回府吧，我們什麼線索也沒發現……」而蕾貝拉卻超乎尋常地堅持繼續搜查。

「小傻瓜，你看那是什麼？難道是節日的彩燈嗎？」蕾貝拉指着遠處**閃爍的藍光**問我。那光源來自河邊停靠的幾輛警車。

我們走近觀察，只見幾位警探正在

封鎖現場。

我立刻認出了托皮娜・萊克鼠，她是老鼠島上最為能幹的警員之一，也是我的好友。

我上前問候她，順便詢問道：「早安，托皮娜，發生什麼事了？」

「早安，謝利連摩！出大事了！老鼠島上的鼠民銀行剛剛發生了搶劫案！犯罪分子搶走了所有的黃金！」

「他們是如何行動的呢？」

托皮娜給我展示了她的犯罪現場調查筆記：「謝利連摩，你看懂了嗎？看來罪犯們盯上了一條廢棄已久的地下隧道。

鼠民銀行

罪犯在隧道兩頭繼續挖，將它一端**挖到**鼠民銀行下方，而另一端則挖掘到我們所立之處，將隧道變成了逃亡通道。隨後，他們攜帶着所有黃金，悄無聲息地從地下隧道逃之夭夭！我敢肯定，罪犯的手法十分專業……」

蕾貝拉拍着胸脯說：「就算他們有天大的本事，也逃不出我們的掌心！我蕾貝拉會查明真相，將罪犯**繩之以法！**」

托皮娜搖搖頭說：「蕾貝達，恐怕這次案情沒那麼簡單！罪犯沒有留下任何**痕跡**，因此我們沒有線索。我們推測，他們數月前就為這次搶劫案開始謀劃了……並設法避開鼠民的注意，悄悄挖掘隧道。他們就這樣，攜帶着大量黃金從世間**蒸發**了！」

托皮娜・萊克鼠

她是老鼠島上最為能幹的警員之一。她曾破解很多疑難案件，在警界擁有很高的聲望！沒有什麼能阻攔她……除了蜘蛛，她十分懼怕這種生物！

小回音一聽到「黃金」幾個字，立刻**焦慮地**尖叫起來：「挖啊，傻瓜！快挖，快挖！黃金就埋在河牀下！挖啊，傻瓜！」

托皮娜警員爆發出一陣大笑：「這鸚鵡可真可愛！牠能模仿説出所有聽到的話嗎？」

小回音又在我耳朵上啄了一口。**真痛啊！**

「可是這傢伙總改不掉**啄**我的毛病！自從我昨天從公園將這隻鸚鵡救起來後，牠就一直重複着這句話。我懷疑也許牠曾經聽到罪犯謀劃搶劫黃金時的對話……」

「小甜心，呵呵，我想到了一條

」

一聽到這句話，我就開始冒冷汗。因為每次蕾貝拉宣布想出錦囊妙計……最後我都會**倒大霉！**

只見蕾貝拉士氣高漲地高聲宣布：「寶貝們，你們聽好了！倘若小回音真的是***銀行搶劫案***的目擊者，那麼我們可以利用牠吸引罪犯的

注意。謝利連摩，你可以通過《**鼠民公報**》和其他媒體管道，向整個老鼠島的鼠民**散布**以下消息：你發現了一隻會説話的鸚鵡，牠有助緝捕銀行搶劫案的真兇。你就宣布這隻鳥目前正在你家養傷。一旦鳥兒傷勢好轉，你將把牠移交給警察局，向警探提供破案線索。」

我的臉色如月光照耀下的莫澤雷勒乳酪般蒼白，我的身體如同篩糠般顫抖，我明白蕾貝拉這個建議意味着什麼。

「**萬萬不可，萬萬不可啊！**你這是要置我於險境！如果我們把這消息散布出去，罪犯一定會試圖潛入我家，逮住鸚鵡，讓目擊者**永遠**沉默……小回音和我的性命堪憂！」

蕾貝拉重重地拍拍我肩膀，差點把我拍進了土裏。「這恰恰是我妙計的精髓所在！我們目的是要引歹徒上鈎！我們會在那裏設下埋伏，將他們一網打盡！」

托皮娜警員搖搖頭：「這條計策不錯，應該説是精彩絕倫……但太過於**冒險**。我不能允許任何鼠民來承擔如此大的風險。」

隨後，她洩氣地說：「很可惜，我們目前也沒有其他線索，除了鸚鵡重複的那句話……

恐怕那羣罪犯即將逃之夭夭。不過也只能這樣了，因為我絕不會讓好朋友謝利連摩和小鸚鵡置身險境。」

蕾貝拉凝視我的雙眼發問：「小甜心，你怎麼想？是眼巴巴讓那羣邪惡的歹徒

還是和你的鸚鵡朋友一起，協助警方將他們逮捕歸案？來呀，來呀，來呀，我們要給這羣歹徒一點顏色看看！讓他們後悔不迭，你等着瞧！」

我已經下定決心。儘管我內心仍充滿恐懼，但我定要盡自己的努力，制止這羣罪犯的惡行。

我鼓起勇氣，大聲回答：「我甘願承擔風險！我絕不允許那羣邪惡之徒逃出法網。」

蕾貝拉歡呼起來：「小甜心，做得好！每次看到你**勇敢**的模樣，我就知道你是我的菜！若不是你和我的好友多愁·黑暗鼠已訂婚，我一定會和你結婚，**寶貝！**」

我趕忙澄清：「首先，多愁可不是我的未婚妻。而你蕾貝拉絕不是我的菜。因為每次我倆湊到一起，我總會倒大霉！」

她捏捏我的臉頰，直到把我的臉都捏青了。「寶貝，你可沒說實話。事實上，每次你和我在一起，你都樂得很！不過現在並非閒聊的時候，我們必須商量出一個計劃，吸引歹徒上鈎！」

我的命真苦啊，**行動**的時候到了！

我向托皮娜道別，承諾會和她保持聯繫。隨

後，我們牽着小麪條前往鼠民公報大樓。儘管今天是周日，辦公樓裏仍然忙碌地運作。廣播電台和電視的同事們都在忙碌，因為《鼠民公報》的網站和社交媒體編輯部休息日也仍在運作！

我走進辦公室，立刻吩咐同事多佩拉：「***事不宜遲！現在我們有緊急任務！***所有員工立刻到會議室集合！馬上向全大樓發出緊急警報，通知大家參加會議！」

多佩拉瞪大眼睛：「史提頓先生，你確定要這麼做？你真的真的真的非要發出**緊急警報**嗎？上次我們發出警報後，不得不重裝整座大樓的玻璃……」

我嚴肅地回答：「沒錯，很遺憾，我們別無選擇。這次行動刻不容緩。我們一秒鐘也耽擱不起，快快快，快快發射緊急警報！」

幾分鐘後，多佩拉按下了爺爺坦克鼠，也就是《鼠民公報》創始鼠雕像底座上的巨大**紅色按鈕**。頃刻間，高音喇叭的尖銳呼嘯響徹全座大樓，伴隨着爺爺**雷鳴般的吼聲**：「立刻召開緊急會議！你們為何仍待在工作枱前？所有員工立刻火速前往會議室！」

這樣的高分貝廣播持續沒多久，大樓的玻璃就開始震動……猛烈地震動……「**砰！砰！砰！**」，大樓的**玻璃**開始一塊塊碎裂！

三分鐘後，《**鼠民公報**》周日上班的全體員工，已經整整齊齊地坐在會議室的座位上。

爺爺坦克鼠的吼聲對大家的影響真是立竿見影，哪怕對我和小麪條也不例外！

我站起來，向各位同事宣布：「伙伴們，我有一條**重磅消息**要告訴大家！一則會讓大家吃驚的新聞！各位請看，這隻小鸚鵡就是小回音。賴皮昨天在公園裏發現牠時，牠傷痕纍纍。我們精心照顧，發現……這隻**饒舌小鸚鵡**居然是銀行黃金搶劫案的唯一目擊者！牠將會向我們提供能夠破案的重要線索。目前小回音在我家養傷，不過明天警員就會將鸚鵡接到警察局，詢問牠關於搶劫案罪犯的有關資訊。」

大家激動地在會議室裏交頭接耳：

「總編輯，恭喜你啊，這次的新聞絕對能上頭條！我們的報紙銷量一定會大增！」

我外表保持冷靜，內心卻七上八下。看上去這只是一個普通的部門會議……只有我知道，報道的真正目的是要引起歹徒的注意，好將他們一網打盡。

我的心裏害怕極了！

以一千塊乳酪的名義發誓，**我這可是引火焚身啊！**

當會議室恢復平靜後，我向各位伙伴提議：「謝謝大家！這個重磅新聞對謝利連摩出版集團意義非凡。我們要開始大規模宣傳這個獨家消息，在《**鼠民公報**》作為**頭條新聞**發布，我們還要通過**廣播和電視**，以及明早出版的雜誌來發布消息。」

「菲，你能幫忙撰寫一篇關於鸚鵡的特稿嗎？並配上鸚鵡小回音的大版面照片？記住要在文章中強調，這隻鸚鵡非常、非常、非常喜歡説話，明白嗎？」

我進行總結，説：「我拜託大家同步在網路、博客和所有社交媒體上進行宣傳！各位鼠民一定會為我們瘋狂點讚！各位，接下來全靠你們了。**大家團結一心，其利斷金！**」

這時，小回音啄了我一口，補充叫起來：「以史提頓的名義發誓，謝利連摩·史提頓！傻瓜！傻瓜！傻瓜！」

會議室裏頓時爆發出一陣大笑。

我可真沒面子啊！

讓我欣慰的是：這則新聞很快將通過《**鼠民公報**》的各類宣傳管道快速傳播。

等到會議結束，同事們陸續離開後，妹妹**菲**向我走過來，她表情嚴肅地把我拉到會議室一角。

「啫喱，你的真正意圖是想利用這隻鸚鵡引出歹徒吧？這樣做**太冒險**了！！！歹徒們會潛入你家，然後……」

「然後我們會在那兒設下埋伏，將他們一網打盡！一切包在我身上！」蕾貝拉插嘴說。

我補充說：「菲，你的猜想完全正確。事實上……我們正希望**盜賊**來我家！我們已經和警員達成共識，等歹徒潛入我家……試圖傷害我和鸚鵡時，等候在一旁的警員會將他們**一網打盡！**」

菲沉默片刻後，拿出手機，開始在史提頓家庭朋友通訊羣組裏發布消息……

菲對我說：「放心，我們絕不會留你孤單一個！我已經召集了全部家庭成員，半小時後在你家集合開會。史提頓家族，緊急出動！

半小時後，史提頓家族和親友全體成員和我所有朋友一個也不少聚集在我家客廳裏。我們家族就是這樣：一鼠有難，八方支援！我們是

賴皮第一個趕到我家。

「表哥，你最近過得如何？對了，小回音還好嗎？牠在你家會覺得沮喪嗎？牠焦慮嗎？牠壓力大嗎？這鸚鵡可是我的制勝法寶。只要牠跟我參賽，我們定能贏得超級笑話大獎賽的獎盃！

我可以在你房間單獨訓練牠一會兒嗎？我很想再聽到牠具有感染力的笑聲！」

我欣然接受：「好啊，沒問題。小回音在我家一切都好！事實上，感到沮喪、焦慮、壓力巨大的是我！」

賴皮還沒等我說完，已經奔去找小回音玩去了。他總是這樣冒失……一貫如此！

班哲文也來了，他擁抱我說：「別擔心，啫喱叔叔！我們都在這裏陪你。」

翠兒點點頭，說：「為了逮住那羣罪犯，我們想了一系列圈套、陷阱、計劃來引他們上鈎。」

我感動地回答：「謝謝，我就指望你們了！」

多愁鼠**乘坐**她的「顛簸2000號」來到我家。她隨身帶着一個熱氣騰騰的大鍋，鍋內盛着氣味刺鼻的液體混合物……這味道十米以外都能聞到！

就連小麪條也被這**臭味**熏得直叫喚：「**汪！汪！**」

我（*多愁自稱的*）未婚妻如閃電般踏進房間，蜻蜓點水地親親我的鬍鬚：「親愛的，你的日子不好過啊！你要等待整整一晚吸引罪犯上鈎。你這想法可真浪漫，比在暗夜守靈還要刺激！如果你想利用這個時機向我求婚，你知道我絕不會說『不』！」

沒過多久，管家天娜．辣尾鼠也到了，手裏托着一個巨大的烤盤，裏面盛滿剛出爐的**千層麪**。

「**大家先填飽肚子**，然後再討論。千層麪涼了味道可不好，再說美食下肚後思維會更活躍！」

爺爺點點頭：「天娜說得有道理，大家都先坐下吃飯！我們史提頓家族邊吃邊聊，一定能找到制服罪犯的方法。」

我正要坐下，爺爺將我拉到一旁：「孫子，我真為你驕傲。你一向性格膽小懦弱，這次你戰勝了恐懼。你顯示了**真正的勇氣**。了不起啊！」

「謝謝你，爺爺，感謝你教給我的一切，也感謝你今天趕到我家。」

爺爺聲音顫抖地嘟囔道：「少廢話了，孫子，少廢話……」

但我知道他的內心很**激動**。

我們圍在一起，品嘗天娜精心烹製的千層

麪。大家暢所欲言，分享各種各樣和罪犯鬥智鬥勇的建議……

聚餐還沒結束，坦克鼠爺爺已經等不及催促了：「快點，你們都知道我的格言，對吧？**工作！工作！工作！**我們要在夜晚到來前設好所有陷阱！否則謝利連摩就會深陷險境！」

他大吼一聲：「天娜！」

她從桌邊站起來，馬上動身布置起來，就像

一眨眼的功夫，天娜·辣尾鼠就在大門入口處布置好了一大灘乳酪……又濕又滑！

然後，她嫌這**潤滑**效果還不夠，又在前門走廊那裏設置了一長條圓滾滾的擀麪杖！

「真厲害！」班哲文點評道，「我想在走廊這裏布滿一大堆玻璃珠，這樣歹徒摔起來更過癮！」

「這主意不賴！」爺爺坦克鼠稱讚。

這時，翠兒也獻上一計：「你們都看仔細了，看我如何安插我的**滑板！**我敢保證這會讓他們一路滑得停不下來，直到撞上走廊盡頭的垃圾桶！」

「讓他們直飛下滑到底，直到被**臭味**包圍！」蕾貝拉打趣説。

多愁這時候則在我房間裏，把鍋內味道刺鼻的液體混合物倒在房間的地板上，而賴皮則在擺弄能夠自動播放他笑話精選的身歷聲揚聲器。

「我們要
給歹徒，一點顏色
看看！」
「讓他們
摔個
仰八叉！」

「試試我的笑話癱瘓術！我保證歹徒聽到後會**笑得岔氣**，渾身癱軟如泥！」

「然後我們給他們致命一擊……托皮娜屆時會帶同訓練有素的警員將他們逮捕歸案！」我總結道。

以一千塊莫澤雷勒乳酪的名義發誓，我們為歹徒布下了天羅地網！他們會在我家收到熱烈的歡迎！

一想到他們（*和他們的屁股*）即將遭受的命運，連我都有點同情他們了……

漫漫長夜

如今萬事具備，我只需要靜待歹徒的到來。

所有圈套都已設置完畢。

我向親友們一一道別，並吩咐小麪條將他們送走：如果一大羣親友留在我家，歹徒會心生疑慮不敢上門……那我們的一切苦心就白費了。

我必須承認，我的內心害怕極了。

我試圖為自己壯膽，但是……我的心裏不禁忐忑不安，**七上八下**。

咕吱吱！

為了不引起歹徒的懷疑，我維持和往常一樣的睡前儀式。

只有鸚鵡小回音能感覺到我的異樣，牠一直在我耳邊嘮叨：「傻瓜！傻瓜！傻瓜！」

我為自己泡了一杯**特濃菊花茶**，但還沒喝到就灑了一半，因為……我的手抖得太厲害了！

我沖了個熱水澡，唱起平日最愛的小曲，可卻總是唱跑調，因為……我的喉嚨緊張得直顫！

我刷起牙齒，卻把泡沫刷到臉上，因為……我的牙齒如篩糠般抖個不停！

我總算鑽進了羽絨被，卻輾轉反側無法入睡，因為……我內心充滿**恐懼**，並且上下牙開

始打架：**咔咔咔！**

我牙齒打架的聲音太響了，以至於小回音開始模仿起這個聲音：「**咔咔咔！**」

唉！這鸚鵡真讓我惱火！！

我一直等到**半夜**，突然聽到微弱的聲響，有誰在試圖撬門進來……

大門拉開一條縫，很快我聽到一陣……

撲哧……吭哧……撲通！

我猜一定是歹徒踩到門口那灘乳酪上，失去了平衡，隨後又不小心踏上了擀麪杖滾起來，一直滾到一堆玻璃珠上，摔了個鼠啃泥！

其中一隻鼠哀叫起來：「哎喲！」

很快，另一把聲音響起來，這個似乎是首領，他命令說：「**閉嘴，傻瓜，**你想被發現嗎？」

小回音立刻模仿他的話：「閉嘴，傻瓜，你想被發現嗎？」

那首領低聲吩咐：「我們走！那隻鸚鵡就藏在這房裏！等我們**一刀了斷牠！**」

歹徒們在房內摸黑前進，他們躡手躡腳地穿過走廊。

突然我聽到一陣「嘍嘍」聲……顯然壞蛋們不小心踏上了翠兒的滑板，只聽到一陣「叮鈴咣鐺」的撞擊聲……「乒乓！」他們一頭撞上了垃圾桶。

他們折騰了一番，終於摸到了我的卧室，只聽到一陣陣**乾嘔聲**，看來他們被多愁倒在地上的那灘混合物熏得直反胃！

我趁機打開了揚聲器，播放賴皮的笑話。

「***唏，你們知道作為盜賊的最高境界是什麼？就是給自己每隻眼睛都弄到了袋子——眼袋！***」

事情發展到這裏，有點不對勁……

小回音聽了笑話後，爆發出一陣清脆的笑聲，牠的笑聲引得一個罪犯捧着肚子樂得嚷嚷：「哈哈哈！老大，快聽聽這笑話！**真好笑！**」

那個首領卻怒斥：「傻瓜，你在笑什麼？這笑話早就老掉牙了！馬上行動起來，我們要抓住

1
啊啊啊！
2
小心啊！

3
嗖嗖嗖！

哈哈哈哈！
4

那鸚鵡，早點送牠上西天！」

歹徒們向我們撲過來，試圖抓住小回音！

我跳上前去，用我的身體護住小鸚鵡，結結巴巴地抗議：「不……不……得傷害鸚……鸚鵡！」

兩個歹徒嘲笑我：「哈哈哈！傻瓜，你再敢攔住我們，我們就把你撕得粉碎！」

就在這生死攸關的時刻，一直埋伏在房屋四周的**托皮娜**和她的警員破門而入！

他們將兩個歹徒團團圍住，高叫道：「我們以法律的名義宣布**逮捕你們！**你們被指控犯了盜竊罪、私闖民宅（*謝利連摩的房子*）罪、綁架動物罪，還有其他罪名，我們會一一調查清楚！」

小回音歡呼起來：「逮捕你們！傻瓜！傻瓜！傻瓜！傻瓜！傻瓜！」

我的親朋好友們聽到消息後，紛紛來到我家，興奮地**祝賀我**……

激動的小麪條一把將我撲到地上，「呼哧呼哧」興奮地**舔着我的臉……**

我們決定舉辦一場熱鬧的慶祝會！

我們挫敗了歹徒們的陰謀。更重要的是，他們再也無法傷害任何像小回音這樣可愛的動物了！

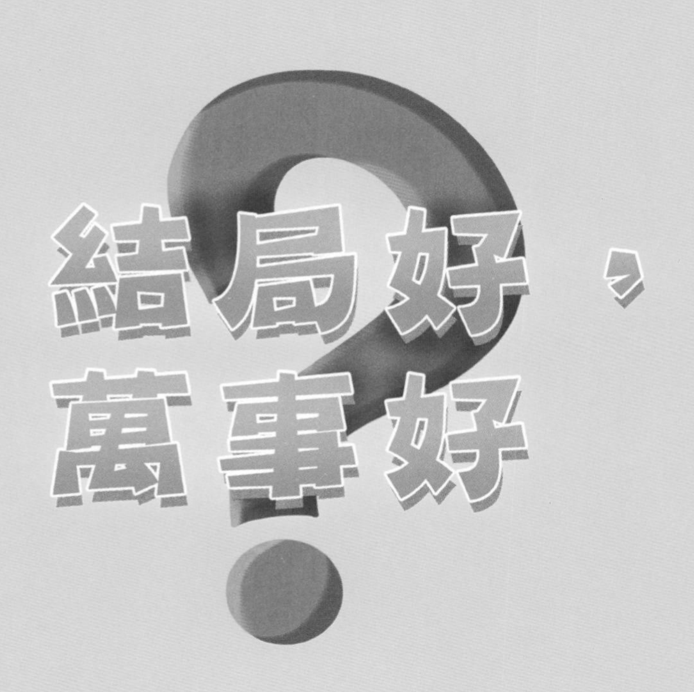

結局好，萬事好

眼下已是夜半時分，但親友們仍然在我家**載歌載舞**，品嘗我最愛的熱巧克力飲品和美味的點心。

賴皮和小回音兩個搭檔一唱一和，逗得大家捧腹**大笑**。

等大家依依不捨地互相道別時，已經是很晚的時間了。

多愁臨走前在我臉上親了一口：「小乖乖，你真是我的英雄！」

蕾貝拉則向我擠擠眼睛：「**小甜心**，你看我的妙計果然奏效了吧？」

我微笑着回答：「事實上，你所謂的妙計總是害我不淺。若是警員再晚點來，我們就會遇害了……若要說我從這次事件學到了什麼教訓，就是下次一定要離你和你的妙計遠一點兒！」

蕾貝拉不服氣地拍拍我，這一掌差點把我拍斷氣：「小甜心，其實你就不敢承認，你和我在一起**樂趣無窮！**」

賴皮向我揮揮手：「表哥，謝謝你這段時間照顧小回音。牠今天晚上和我一起走，明天我們要參加超級笑話大獎賽。我們的表演一定會**轟動全場**。沒錯吧，小回音？」

鸚鵡重複吆喝起來：「一定會轟動全場！傻

瓜！傻瓜！傻瓜！」

鸚鵡從我身邊離開時，我注意到牠並沒有像往常那樣啄我耳朵。看來牠的性格有進步！

我送別大家，關上房門，回到卧室，滿足地歎了口氣。

一切終於恢復了**平靜！**

再也沒有危險……

再也沒有呼嚕……

再也沒有尖叫……

再也沒有誰啄我……

多麼靜謐，多麼平和，**多麼安靜！**

我躺在牀上，合上雙眼，但……我很快意識到有什麼不對勁。我輾轉反側，怎麼也無法入睡。

因為屋子裏太靜謐、太平和、太安靜啦！

我心裏一直惦記着那隻頑皮……卻又可愛的小鸚鵡！

我如平日一樣踏進謝利連摩集團大樓。很快，我被一個個會議、堆疊如山一樣高等待我審閱和簽名的圖書和文件包圍。

我的助理一秒鐘也不讓我休息：

「史提頓先生，你讀過那篇手稿了嗎？」

「史提頓先生，你簽了這頁合同了嗎？」

「史提頓先生，你看過文章草稿了嗎？」

和平日一樣，我如同**陀螺般**忙個不停……

除此以外，我還要為即將出版的特稿專欄：《如何破獲驚天銀行黃金搶劫案》撰稿……

同時我焦急地等待着托皮娜警探的電話。她將向我透露案件的調查結果。但是，無論我有多忙碌，我感覺自己內心空蕩蕩的，一種**濃烈的思念**湧上我的心頭。

我不得不承認……我一直**思念**着那隻調皮的小鸚鵡！

就在這時，我的手機響了，原來是托皮娜警員打來的。「**謝利連摩**，我有個好消息，罪犯已經全部招供！他們之前在銀行旁邊開了家寵物商店，就是為了悄悄打通前往銀行的地道，而**不引起鼠民的注意！**」

我插嘴説：「你提到那家寵物店招牌是不是叫『獸崽雜販舖』？兩天前，我為了尋找小回音的主人，曾去過那兒！周圍的街坊鄰居説，這家店之前突然關門了……」

「正是！那些**狡猾的罪犯**利用這家店瞞天過海……他們偷偷打通地下通道，通向鼠民銀行的保險金庫！這就是為什麼小回音一直重複着罪犯頭目的吩咐：『**挖啊，傻瓜！快挖，快挖！黃金就埋在河牀下！**』機靈的小鸚鵡聽到了盜賊們的犯罪計劃！請允許我代表警局和妙鼠城來感謝你。這次多虧了你，我們才能**破案**。鼠民銀行的代表過幾天會單獨向你致謝：由於你的義舉，被偷的黃金已經全部尋獲。」

我欣慰地回答：「我可不能把功勞據為己有，最應該感謝的是小回音！正是因為牠，我們才能發現

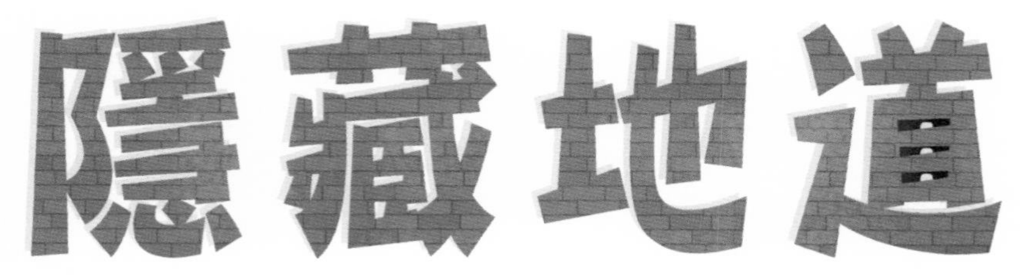

的陰謀，並挖出盜賊團夥……」

托皮娜警員總結說：「我差點忘記告訴你……盜賊們還將會以虐待動物罪被警方起訴。他們開的寵物店只是個幌子。事實上，他們肆意虐待店裏的寵物，包括可憐的小回音。他們的真正目的在於挖通地道，奪取地下的寶藏！」

我感歎說：「托皮娜，謝謝你告訴我案件調查細節，聽得我鬍鬚都**豎**起來了！結局好，萬事好！」

「難道不是這樣嗎？」我一邊想着，一邊歎着氣掛上電話。

有種奇怪的感覺在我心中湧動……我不得不承認……我太思念那隻**調皮的小鸚鵡了！**

那天夜晚，我和史提頓家族其他成員們隆重出席超級笑話大獎賽的**總決賽**。賴皮和痤瘡後的小回音登上舞台，為觀眾們獻上他們精心準備的笑話表演。小回音嘎嘎的標誌性**笑聲**如此有感染力，逗得觀眾們一個個前仰後合。

笑話大賽的主持目瞪口呆地望着場邊的**音量分貝測量儀**。

「各位，表演真是前所未見！測量觀眾笑聲的分貝儀指數還在不斷攀升！現在已經到了第4級：笑出眼淚！不對，已經到了第5級：笑到倒地！我簡直**不敢相信！**分貝儀指數仍在不斷攀升！已經過了第6級：笑到抽筋！哈哈哈！請你們見諒，我已經沒法在台上主

持了！」

主持話音剛落，笑聲分貝儀居然**爆燈**了！

主持激動地歡呼起來：「簡直是空前絕後的表演！本次表演達到有史以來的最高等級，第7級：引爆全場！」

隨後，他興奮得昏了過去。

觀眾們發出一陣驚歎聲。賴皮和小回音的表演真是……一鳴驚鼠，點燃了全場觀眾的熱情！

我真為他們感到高興！他們的努力付出終於有了**收穫**。我走到後台恭喜他們：「恭喜，你們是最棒的！小回音，我給你帶了你最愛的小零食，你真是做得好！」

小鸚鵡滿意地在我耳朵上輕輕啄了一下，隨

後高聲回應我：「你真是做得好！傻瓜！傻瓜！傻瓜！」

我被小鸚鵡逗得大笑，給牠**撓撓癢癢**，說：「你這隻調皮鬼，這幾天我很想念你！」

小麪條在一旁附和：「汪！汪！」

就連小麪條也忍不住想念小鸚鵡了！

我詢問賴皮：「現在我們該拿這小鸚鵡怎麼辦？要不以後牠就和我一起住……小回音，你覺得這樣安排如何？」

小鸚鵡歪着腦袋打量着我，似乎在思索着什麼。牠**眼神發亮**，目光投向公園高大的綠樹，又再次回到我身上，看上去十分猶豫，最後……牠拍拍翅膀飛上天空。

我理解鳥兒的舉動，並揮手向牠道別：「小回音，祝你快樂幸福。如果你想要離開，就自由地飛翔吧！無論如何，我們永遠是朋友。**我永遠不會忘記你！**」

天空中傳來小回音的回答：「我永遠不會忘記你！傻瓜！傻瓜！傻瓜！」

我依依不捨地揮手目送鳥兒飛遠，**淚水**輕輕從我眼眶滑落。

現在我才明白我對牠的感情有多深，我今後會有多麼思念這隻淘氣的小傢伙。如今鳥兒終於恢復了自由，可以再次飛到高廣的天空，我真為牠高興！

日子就這樣一天天地過去了。我心裏時不時泛起對小鸚鵡的思念，但我明白：如今牠過着

銀行黃金大劫案滿一個月後，我正準備參加一場十分重要的活動：妙鼠城當局為了感謝我智鬥罪犯並將他們抓捕歸案，決定授予我榮譽**徽章**和一筆可觀的獎金。

鼠民銀行用青銅製作了一尊惟妙惟肖的鸚鵡雕像以紀念**勇敢的小鸚鵡**小回音，多虧了牠，我們才能破案。

這天夜晚，我即將出席銀行舉辦的雕像揭幕儀式，並在典禮上發表致辭。

我的命真苦啊！熟識我的讀者們都知道：我性格內向，不擅於當眾發表演說……**咕吱吱！**

妹妹菲來接我去參加典禮。菲一身盛裝打扮，身着藍絲絨晚禮服，看上去典雅高貴。

「啫喱，你準備好了嗎？」菲一邊擺弄**領花**，一邊詢問我。

「嗯，應該說我準備得挺好，相當好，不能再好了。光是想想等會兒要上台，我就已經腿發軟了……」

「我早料到你會這樣，啫喱！所以我才特意過來接你，免得你待會嚇得**尿褲子！**鼓起勇氣吧，我們史提頓家族所有親友們，都是你堅強的後盾！」

我張開雙臂擁抱她：「謝謝你。聽了你的話，我感覺好多了！**我們走吧！**」

我們來到鼠民銀行門口，踏上了隆重的紅地毯。記者們立刻將我們團團包圍，對着我「咔嚓嚓」直按相機快門。

咕吱吱，真是令鼠心情澎湃的夜晚啊！

按照儀式的流程，我應該獨自走完**紅地毯**之路，但我不願獨享這份榮耀……我叫上爺爺坦克鼠、管家辣尾鼠、多愁、蕾貝拉，以及班哲文和翠兒，請他們牽着小麪條一同走上紅地毯。大家齊齊整整，一個也不能少！

在紅地毯上，我感覺自己內心空落落的。因為引領我們破案的真正英雄——那隻任性、聒噪而勇敢的小鳥，此刻不知身在何處。

此刻，我是多麼的思念牠啊！

我擺出各種造型、為狂熱的支持者簽名、在攝影機前**綻放笑容**、回答記者們連珠炮般的問題，並在雕像揭幕典禮時登上舞台。

伴隨着一陣美妙的頌歌，妙鼠城的市長親自將一枚榮譽勳章掛在我胸前。**我倍感激動！**

鼠民銀行的經理遞給我一個鼓鼓囊囊的信封。

我激動地感謝他的美意：「謝謝，謝謝，萬分感謝！我將用這筆**獎金**，設立一個小鳥家園。專門幫助那些在城市無家可歸、冬天裏缺少食物果腹的小鳥們！」

現場響起一陣熱烈的掌聲。

「你的倡議很有意義！」

我走近**雕像**，鄭重地對觀眾們說：「我十分榮幸能為鸚鵡小回音的雕像揭幕。小回音是一隻勇敢的小鸚鵡。我心裏很想念牠，牠是一位**不可多得的朋友。**」

就在此時，恰恰在此時，天空中傳來撲閃翅膀的聲音，以及一陣熟悉的爽朗笑聲：「不可多得的朋友！傻瓜！傻瓜！傻瓜！」

隨後，一個熟悉的身影降落下來，對着我的耳朵輕輕啄了一口！

是牠，真的是牠：小鸚鵡小回音！

我的小鸚鵡回來了！

從那以後，牠再也沒有離開我。從那時起，小回音、小麪條和我熱熱鬧鬧地生活在一起，共同經歷了**許多激動鼠心的傳奇歷險！**

以我史提頓的名義發誓，

謝利連摩・史提頓！

冬日庇護所

你知道嗎？

天氣開始變冷了，白晝開始變短了。在你家花園和陽台上的景色，是否也開始變得沒有生氣了？現在是我們開動腦筋，為沒有遷徙到熱帶地區，而是留在我們城市的小鳥們營造一處樂園，讓他們在寒冷的冬季也能獲得庇護和食物！

你有沒有想過在陽台、花園或露台上建一處餵鳥器？這對饑腸轆轆的小鳥們十分有益！

我們可以在**寵物商店**裏購買現成品。如果你時間充裕的話，你也可以試着用回收材料自製一個餵鳥器。自己動手，豐衣足食！

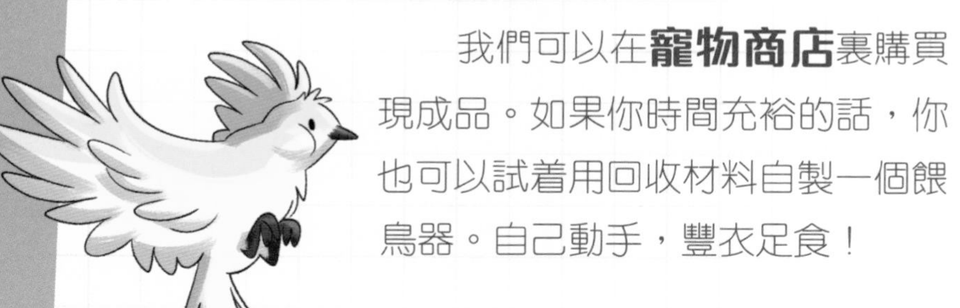

以下是我的幾點建議：

我們可以使用**空牛奶盒子**，並在盒子的側邊剪開幾個長方形視窗。隨後，在裏面填滿可口的種子和穀物。

- 我們可以將花生串成串，用**鐵絲串好懸掛**起來供小鳥食用。

- 我們可以用**曬乾的橘皮**做一個小碗，裏面填滿可口的種子，作為小鳥的零食。

- 以下食物是冬日小鳥的最愛：**大麻**、**小米**、**燕麥**和**向日葵種子**！

只要我們獻出一點點愛，就能為可愛的小鳥朋友在冬日平添更多溫暖！

以我史提頓的名義發誓，

謝利連摩．史提頓！

GSG
鼠民公報
鼠民
公報

故事講完啦，你們都喜歡嗎？
告訴你們一個小秘密：每天開始工作前，我都會先和小麵條出去散步，而我的靈感，都是在那時出現的呢！
妙鼠城

1
2
9
8
5
3
4
18
40
11
13
12
20
10
19
39
23
17
老鼠河
6
7
21
27
14
GSC
36
28
16
15
33
26
34
25
22
24
35
31
29
38
30
37
32

妙鼠城

1. 工業區
2. 神秘石丘
3. 乳酪工廠
4. 機場
5. 電視廣播塔
6. 乳酪市場
7. 市政廳
8. 古堡
9. 妙鼠岬
10. 火車站
11. 商業中心
12. 戲院
13. 健身中心
14. 唱歌石廣場
15. 劇場
16. 銀行
17. 大酒店
18. 醫院
19. 公園
20. 妙鼠城文化中心
21. 跛腳跳蚤雜貨店
22. 麗萍姑媽和班哲文的家
23. 現代藝術博物館
24. 大學
25. 《老鼠日報》大樓
26. 《鼠民公報》大樓
27. 賴皮的家
28. 餐館
29. 環境保護中心
30. 圓形競技場
31. 妙鼠城體育中心
32. 遊樂場
33. 謝利連摩的家
34. 蕾貝拉的家
35. 書店
36. 菲的家
37. 避風塘
38. 史奎克的辦公室
39. 坦克鼠爺爺的家
40. 圖書館

你能在地圖上找出故事中提及的鼠民銀行嗎？

親愛的鼠迷朋友，

下次再見！

謝利連摩・史提頓

Geronimo Stilton

老鼠記者 Geronimo Stilton

1. 預言鼠的神秘手稿
2. 古堡鬼鼠
3. 神勇鼠智勝海盜貓
4. 我為鼠狂
5. 蒙娜麗鼠事件
6. 綠寶石眼之謎
7. 鼠膽神威
8. 猛鬼貓城堡
9. 地鐵幽靈貓
10. 喜瑪拉雅山雪怪
11. 奪面雙鼠
12. 乳酪金字塔的魔咒
13. 雪地狂野之旅
14. 奪寶奇鼠
15. 逢凶化吉的假期
16. 老鼠也瘋狂
17. 開心鼠歡樂假期
18. 吝嗇鼠城堡
19. 瘋鼠大挑戰
20. 黑暗鼠家族的秘密
21. 鬼島探寶
22. 失落的紅寶之火
23. 萬聖節狂嘩
24. 玩轉瘋鼠馬拉松
25. 好心鼠的快樂聖誕
26. 尋找失落的史提頓
27. 紳士鼠的野蠻表弟
28. 牛仔鼠勇闖西部
29. 足球鼠瘋狂冠軍盃
30. 狂鼠報業大戰
31. 單身鼠尋愛大冒險
32. 十億元六合鼠彩票
33. 環保鼠闖澳洲
34. 迷失的骨頭谷
35. 沙漠壯鼠訓練營
36. 怪味火山的秘密
37. 當害羞鼠遇上黑暗鼠
38. 小丑鼠搞鬼神秘公園
39. 滑雪鼠的非常聖誕
40. 甜蜜鼠至愛情人節
41. 歌唱鼠追蹤海盜車
42. 金牌鼠贏盡奧運會
43. 超級十鼠勇闖瘋鼠谷
44. 下水道巨鼠臭味奇聞
45. 文化鼠巧取空手道
46. 藍色鼠詭計打造黃金城
47. 陰險鼠的幽靈計劃
48. 英雄鼠揚威大瀑布
49. 生態鼠拯救大白鯨
50. 重返吝嗇鼠城堡
51. 無名木乃伊
52. 工作狂鼠聖誕大變身
53. 特工鼠零零K
54. 甜品鼠偷畫大追蹤
55. 湖水消失之謎
56. 超級鼠改造計劃
57. 特工鼠智勝魅影鼠
58. 成就非凡鼠家族
59. 運動鼠挑戰單車賽
60. 貓島秘密來信
61. 活力鼠智救「海之瞳」
62. 黑暗鼠恐怖事件簿
63. 黑暗鼠黑夜呼救
64. 海盜貓暗偷鼠神像
65. 探險鼠黑山尋寶
66. 水晶貢多拉的奧秘
67. 貓島電視劇風波
68. 三武士城堡的秘密
69. 文化鼠減肥計劃
70. 新聞鼠真假大戰
71. 海盜貓遠征尋寶記
72. 偵探鼠巧揭大騙局
73. 貓島冷笑話風波
74. 英雄鼠太空秘密行動
75. 旅行鼠聖誕大追蹤
76. 匪鼠貓怪大揭密
77. 貓島變金子「魔法」
78. 吝嗇鼠的城堡酒店
79. 探險鼠獨闖巴西
80. 度假鼠的旅行日記
81. 尋找「紅鷹」之旅
82. 乳酪珍寶失竊案
83. 謝利連摩流浪記
84. 竹林拯救隊
85. 超級廚王爭霸賽
86. 追擊網絡黑客
87. 足球隊不敗之謎
88. 英倫魔術事件簿
89. 蜜糖陷阱
90. 難忘的生日風波
91. 鼠民抗疫英雄
92. 達文西的秘密
93. 寶石爭奪戰
94. 追蹤電影大盜
95. 黃金隱形戰車
96. 守護幸福山林
97. 聖誕精靈總動員
98. 復活島尋寶記
99. 荒島求生大考驗
100. 謝利連摩和好友的歡樂時光
101. 怪盜反轉垃圾場
102. 100 把神秘鑰匙
103. 絕密美味秘方
104. 追尋黃金小說
105. 驚險密室逃脫
106. 追蹤網紅鼠
107. 非常目擊者

與老鼠記者一起
歷奇探險走天下！

奇鼠歷險記

榮獲
第15屆
十本好讀
小學生最愛作家

與謝利連摩一起展開
視覺及嗅覺並重的冒險之旅！

全新搞鬼惹笑畫風！

Geronimo Stilton
老鼠記者漫畫

① 妙鼠城臭味之謎

② 古堡驚魂夜

③ 極速越野賽車

跟着老鼠記者謝利連摩
一起探查驚奇案件，
揭露事件真相！

各大書店有售！

定價：$78/冊

新雅文化 www.sunya.com.hk

新雅文化

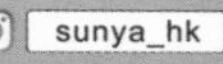
sunya_hk

新雅書迷會APP

老鼠記者全新系列

神探福爾摩鼠

謝利連摩化身神探助手，
帶你走進案發現場，一起動動腦筋，
展開一場鬥智鬥力的刑偵冒險之旅！

細心觀察
X
邏輯推理
X
惹笑偵探故事

1.公爵千金失蹤案 2.藝術珍寶毀壞案 3.黑霧迷離失竊案 4.劇院幽靈疑案

5.古堡銀面具謎案 6.古董名車失竊案 7.奇幻漂流失蹤案 8.福爾摩鼠終極謎案

刑偵三部曲

①案件：
交代案件背景

②調查：
找出案件線索和證據

③結案：
分析揭曉罪魁禍首

各大書店有售！ 定價：$68/ 冊